L'ABBÉ PELLEGRIN,

OU

LA MANUFACTURE DE VERS,

COMÉDIE EN UN ACTE,

MÊLÉE DE VAUDEVILLES,

Par les CC. TOURNAY et AUDRAS,

REPRÉSENTÉE pour la première fois, sur le Théâtre du Vaudeville, le 11 Thermidor an 9.

Le matin Catholique et le soir Idolâtre,
Il dîne de l'Autel et soupe du Théâtre.

VOLTAIRE.

PRIX, 1 fr. 50 cent. avec la Musique.

A PARIS,

Chez Mad^e. MASSON, Éditeur de Pièces de Théâtre,
rue de l'Echelle, n°. 558, au coin de celle Honoré.

AN IX. — 1801.

Le Théâtre représente un salon meublé simplement ; à droite du Spectateur est le cabinet de l'Abbé Pellegrin ; à gauche, sur le devant, un bureau, derrière lequel sont des tablettes avec beaucoup de cartons étiquettés en gros caractères, sur lesquels on lit : Epitaphes, Madrigaux, Odes, etc.

COUPLET D'ANNONCE.

AIR : *Dans ce salon où du Poussin.*

Après le chantre du lutrin,
Après Favart, après Molière,
L'humble et modeste Pellegrin,
Peut–il espérer de vous plaire ?
Ses écrits n'ont pas jusqu'à nous
Sû prolonger son existence,
Mais moins il est connu de vous,
Plus il a besoin d'indulgence.

L'ABBÉ PELLEGRIN

OU

LA MANUFACTURE DE VERS.

SCENE PREMIERE.

ARMAND, JACQUES.

JACQUES (*est occupé à écrire à son bureau.*)

OH ! monsieur l'abbé ne rentrera pas de sitôt, il a vingt personnes à voir ce matin, pour son bénéfice.

ARMAND.

Je crains bien qu'il ne se donne encore une peine inutile... A propos, tu as fait ma commission pour mademoiselle Dangeville ?

JACQUES.

Eh ! mon dieu non ; j'ai même égaré votre billet, il m'est venu tant de monde ce matin.

ARMAND.

Il est vrai que cette boutique ne désemplit pas... Quelle idée bizarre et ridicule ! s'établir marchand de vers, et de quels vers !.., ah ! la nécessité !... le désir d'être utile à ses vieux parens !...

Air : *Fuyant et la ville et la cour.*

On doit lui pardonner des vers
Dont il fait un si bon usage ;
Tous les produits en sont offerts
A sa famille qu'il soulage.

De ces vers tracés au hasard,
N'accusons plus la négligence,
Ils sont moins les enfans de l'art
Que les fils de la bienfaisance.

JACQUES.

Ah ! j'oubliais... La nièce de monsieur l'abbé vous a demandé plusieurs fois, elle vous accuse de l'abandonner.

ARMAND.

Moi ! quand je ne songe qu'à presser l'instant de notre union. En vérité je ne conçois rien à sa petite jalousie.... Mais, voilà une foule d'acheteurs qui arrivent, je vais tâcher de savoir ce que notre-bon abbé doit espérer ou craindre.

SCENE II.

JACQUES, UN ENFANT, UNE SŒUR TOURRIÈRE, *avec une corbeille de sucreries, ornée de rubans,* ET GUILLERET, *gros paysan.*

L'ENFANT, LA SŒUR TOURRIÈRE, GUILLERET,
(*ensemble.*)

N'EST-CE pas ici la manufacture de l'abbé Pellegrin ?

L'ENFANT.

Monsieur l'abbé Pellegrin qui vend des chansons ?

JACQUES.

Eh ! oui, certainement, c'est moi qui suis le factotum.

GUILLERET.

C'est que c'est pour des vers.

(5)

JACQUES.

Un moment! un moment! nous en avons pour tout
le monde.

COUPLET.

Air : *En quatre mots*, *etc.*

Ici tout faits,
On trouve des bouquets,
Ballades, couplets, triolets,
Im-promptus et sonnets;
Epithaphes, épigrammes,
Bouts rimés, épithalames,
Lays
Et vire-lays.
Joyeux rondeaux,
Et cantiques nouveaux,
Doucereux madrigaux,
Et jusqu'à des bons mots;
Enfin toute espèce d'écrits,
Le tout à juste prix.

GUILLERET.

Je n'ai qu'un mot à vous dire.

LA TOURRIÈRE.

Moi, j'avais rendez-vous.

L'ENFANT

Moi, je suis venue la première.

JACQUES.

Patience! patience! chacun aura son tour. Vous,
ma belle enfant, qui est-ce qui vous afflige?

L'ENFANT.

Air : *Daignez m'épargner le reste.*

Je pleure un petit perroquet
Dont on admirait le plumage,
Qui le disputait en caquet
Aux servantes du voisinage.
Maman pour lui, dans son jardin,
Elève un petit cénotaphe;
Et pour dissiper son chagrin, (*bis*),
Veut une petite épithaphe.

JACQUES,

Ce n'est que ça... voyons... Carton des épitaphes,
(*Il prend et feuillete.*)

Air : *Chantez , etc.*

Chantez , dansez , souris et rats ,
Raton a fermé la paupière ;

Oh c'est pour un chat ...

Toi qui deux ans suivis mes pas ,
Voici ta demeure dernière.

Ah ! c'est pour un chien......

Ci-gît qui parla toujours bien ;
L'esprit des autres fut le sien.

Celle-ci est pour un auteur ! ah ! elle peut aller pour
le perroquet. (*Il lui donne cette épitaphe.*) tenez mon
enfant...

L'ENFANT.

Combien faut-il monsieur Jacques.

JACQUES.

Oh ! nous sommes en compte courant avec votre
maman.   (*l'enfant sort.*)

SCENE III.

LA SŒUR TOURRIÈRE, GUILLERET,
JACQUES.

JACQUES.

ET vous sœur Tourrière , c'est un cantique spiri-
tuel qu'il vous faut !

LA TOURRIÈRE.

Oui ! et des vers pour notre directeur,

JACQUES.

C'est tout prêt, tenez.

LA TOURRIÈRE.

Vous mettrez cela sur le mémoire du couvent.

JACQUES.

Oui! oui!

LA TOURRIÈRE.

Et voici une corbeille de sucreries pour mon-sieur l'abbé.

GUILLERET, *(regardant la corbeille.)*

Tiens, c'est joliment arrangé ça.

JACQUES, *(regardant les flacons.)*

Ah! voyons, et des syrops!

LA TOURRIERE.

Air: *Sur les bords de la Garonne.*

De la part de mère-abbesse,
Et de nos discrettes sœurs,
Remettez à son adresse
Ce panier plein de douceurs :
On y trouve la pastille,
Variée en cent façons,
Avec art sœur Pétronille,
   A mêlé de festons
   Et de pompons
   Les flacons,
   Les bombons,
   Les citrons,
   Biscuits ronds,
   Macarons
   Et Marrons,
Glacés à la vanille.

GUILLERET.

Ah! mon dieu comme elle parle!

JACQUES.

C'est que c'est au nom de toute la communauté.... soyez sans inquiétude, le tout ira à sa destination.
(*La Tourrière sort.*)

SCENE IV.

GUILLERET, JACQUES.

GUILLERET.

Moi ! je m'appelle Guilleret, je v'nons vous demander qu'euqu'drôlerie pour un bâptême. Tenez, écoutez.

Air : *Du bas Poitou, on conte qu'un baron.*

> Voilà sept mois
> Bien comptés sur mes doigts,
> Que j'avons pris not' ménagère ;
> Je comptais fort
> Qu'il me fallait encor
> Deux mois entiers pour être père.
> Mais morgué, ma Suson,
> Dont le cœur est si bon
> Voyant l' plaisir que ç'a devait me faire,
> Vient de me donner par ma foi,
> Un gros garçon qui, jarnigoi !
> Est tout le portrait.... de sa mère.

JACQUES.

Oui ! et vous voulez lui en faire compliment. Ah ! dame ! nous n'avons pas encore traité ce sujet-là, il vous faudra des vers au tarif.

GUILLERET.

Comment ! des vers au tarif ?

JACQUES.

Air : *Les portraits à la mode.*

Au magasin, lorsqu'on les prends tous faits,
A bon marché nous donnons les couplets ;

(9)

Mais si l'on vient les commander exprès,
  Le prix dépend de leurs mesures.
Deux sols par pied font la base pour tous,
Vers de cinq pieds ainsi coûte dix sous,
L'alexandrin en vaut douze.... et chez nous
  On les livre par fournitures.

GUILLERET.

Qu'est-ce que c'est que ça, des pieds, des pouces, des toises ? Que ce soit du bon, je ne regarderons pas au prix.

JACQUES.

Soyez tranquille, je vais vous commander cela à monsieur l'abbé, et ce sera arrangé pour le mieux. (*Jacques va écrire.*)

GUILLERET.

Le baptême est pour ce soir, je repasserai tantôt.

JACQUES.

Un moment ! un moment ! et votre nom !

GUILLERET.

Guilleret... Guilleret, père à présent... Ah ! ça je veux de la première qualité, et ne manquez pas pour ce soir, car tenez, je serai une pratique, si ma femme m'en donne comme ça tous les sept mois....

Air : *Oui, j'aime à boire moi.*

Ce n'est pas tout qu'un garçon
  Dans une famille.
Ce s'ra ben un' aut' chanson
  Quand j'aurons une fille.
D' vot' magasin qui nous plaît ;
  Je r'connaîtrons la route ;
Car ma femme dit qu'il n'est
Qu'un premier pas qui coûte.

(*Guilleret sort après le couplet.*)

SCENE V.

JACQUES, (*seul.*)

M'EN voilà débarassé ! continuons nos copies de lettres. (*Il arrange des papiers.*) Ah ! l'ennuyeux métier que celui de copiste ! et surtout copiste de monsieur l'abbé Pellegrin , il a plutôt fait cent vers que je n'en ai transcrit cinquante... Encore, si c'était-là ma seule occupation ! mais répondre à tout venant ! expédier les envois dans les provinces, et les commissions !

Air : *Une fille est un oiseau.*

Vraiment je ne conçois pas
Comment je puis y suffire ;
Car ici je dois le dire
On épargne peu mes pas.
Tantôt chez la sœur Monique ,
Il faut porter un cantique,
Puis à la troupe comique ,
Monsieur l'abbé m'enverra ;
Et tous les jours de la vie,
Je quitte la sacristie ,
Pour courir à l'opéra.

Mon dieu ! mon dieu !.... Mais monsieur l'abbé est si bon homme , avec son esprit il soutient sa famille.... Voilà de l'esprit bien placé....... Quand j'y pense , il va avoir un bénéfice.... Peut-être bien renoncera-t-il alors à cette fabrique.... tant mieux il me cédera son fonds.

SCENE VI.

JACQUES, LE SOMBRE, (*Le Sombre traverse le théâtre pour entrer dans le cabinet de l'abbé.*)

JACQUES.

Où allez-vous donc monsieur le Sombre ?

LE SOMBRE.

Trouver monsieur l'abbé.

JACQUES.

Il est sorti pour affaire.

LE SOMBRE.

J'attendrai.

JACQUES.

Long-tems peut-être.

LE SOMBRE.

C'est égal.

JACQUES.

Vous êtes le maître.

LE SOMBRE, (*regarde autour de la chambre.*)

Diable, voilà la boutique en ordre ! l'abbé tient donc toujours à son projet ! qu'elle folie !

JACQUES, (*avec intention.*)

Eh ! il y a des gens qui s'en trouvent bien cependant.

Air : *Vaudeville d'Abuzar.*

Monsieur l'abbé vend de l'esprit,
Malgré les ris et la critique,
Et bientôt du plus grand crédit
On verra jouir sa boutique,

Ici chacun, en payant bien,
Au nom d'auteur pourra prétendre,
Et plus d'un sot par ce moyen
Aura de l'esprit à revendre.

LE SOMBRE, (*il témoigne son impatience.*)

C'est possible,.... Mais l'abbé ne vient pas.

SCENE VII.

JACQUES, LE SOMBRE, ARMAND, (*entrant avec précipitation.*)

ARMAND.

Mon cher Jacques, je suis au désespoir de te déranger, mais il me faut tout suite la comédie du Nouveau monde ; la tragédie de Pélopée ; l'opéra de Jephté, enfin tous les meilleurs ouvrages de monsieur l'abbé.

JACQUES, (*avec humeur.*)

Et qu'en voulez-vous faire ?

ARMAND.

Tu le sauras. Il me les faut absolument. Ah ! et aussi l'épître qui a remporté le prix à l'académie française.

LE SOMBRE.

Il y a quinze ans de cela ?

JACQUES.

Quel succès !

ARMAND.

Ignorez donc, monsieur, que l'ode qui lui disputa la couronne était aussi de lui...

Air : *De la parole.*

On vit long-temps ces deux écrits
Entr'eux balancer les suffrages ;
Les juges ne donnaient qu'un prix
Et le devaient aux deux ouvrages.
Enfin on proclama l'auteur ,
Mais la surprise fut extrême ,
Quand on apprit que le vainqueur
Etait le rival (*bis*) de lui-même.

JACQUES.

Aussi eût-il le prix et l'accessit.

SCENE VIII.

JACQUES, LE SOMBRE.

LE SOMBRE.

QUEL est ce jeune homme ?

JACQUES.

Un ami de monsieur l'abbé qui doit épouser sa niéce.

LE SOMBRE.

Sa niéce.

JACQUES.

Mademoiselle Adèle , une petite dévote , qui voulait absolument se faire religieuse. Son oncle a été obligé de la retirer du couvent.

LE SOMBRE.

Et monsieur l'abbé ne consent pas au mariage ?

JACQUES.

Au contraire , il le desire ardemment. Mais pour cela il nous faudrait un bénéfice.

LE SOMBRE.

Et les jeunes gens s'aiment-ils ?

JACQUES.

Beaucoup, ils sont toujours en querelle... Mais la petite nièce est jalouse... A l'excès. Au plus léger chagrin, son premier mot, est qu'elle va retourner au couvent.

LE SOMBRE.

Oh ! laissez faire ! tout s'arrangera.

Air : *Vaudeville des Veuves.*

Dans le cœur de jeune beauté,
L'amour naît près de l'innocence ;
Bientôt de ce cœur agité,
Il affaiblit la résistance.
A l'aveu d'un tendre retour,
Il force enfin la modestie ;
Et l'amant s'apperçoit un jour
Qu'il prêchait une convertie.

SCENE IX.

JACQUES, LE SOMBRE, ADÈLE, (*sort du cabinet de l'abbé pour aller à la porte du fond.*)

ADÈLE.

VOILA mon oncle ! voilà mon oncle ! je l'ai vu par la fenêtre.

JACQUES.

Eh ! mon dieu ! comme elle est gaie, il y a quelque chose d'extraordinaire.

LE SOMBRE.

Elle est jolie la petite nièce !... elle ne retournera pas au couvent.

S C E N E X.

LES PRÉCÉDENS , L'ABBÉ PELLEGRIN , ADÈLE ,

(*Le Sombre pendant toute cette scène écoute avec impatience ce que dit l'abbé.*)

L'ABBÉ PELLEGRIN.

MA bonne amie tout va le mieux du monde , j'ai vû plusieurs personnes qui s'intéressent à moi , toutes intimes du cardinal. La parole est donnée ; et d'ici à une heure je serai mis sur la feuille des bénéfices.

ADÈLE.

D'ici à une heure sur la feuille des bénéfices !

L'ABBÉ.

Oui ! et c'est madame d'Argental , la sœur de l'abbesse de St.-Remy , qui doit m'en apporter la nouvelle.

ADÈLE.

Ah ! que je suis contente.... Mais vous parliez avec Armand tout-à-l'heure ?

JACQUES , (*à part.*)

Ah ! voilà pourquoi que nous étions si pressés.

L'ABBÉ

Il sort d'ici , et doit revenir dans un instant.

ADÈLE , (*à part.*)

Il sort d'ici ? et n'a pas demandé à me voir , ah ! je ne l'ai que trop soupçonné , Armand ne m'aime plus !

LE SOMBRE.

Monsieur , voilà deux heures que je vous attends.

L'ABBÉ.

Je suis à vous , monsieur. (*Il va à Jacques.*) Voyons

ma lettre au cardinal... Bon cela va appuyer ma demande. Signons...

LE SOMBRE.

Monsieur...

L'ABBÉ.

Dans un instant monsieur... (*à Jacques.*) et mes vers, et le rôle de mademoiselle Dangeville ? Ah ! mon dieu ! les voilà encore !... (*à le Sombre.*) Pardon monsieur. (*à Jacques.*) Comment cette femme célèbre à qui je dois tout le succès de ma pièce !.... Allons ferme, vîte... l'adresse au cardinal.

MORCEAU D'ENSEMBLE.

Air : *Pauvre petit, qu'il est gentil.* (De Renaud d'Ast).

L'ABBÉ (*à Jacques*).

Allons , allons, dépêche-toi.

LE SOMBRE.

Monsieur l'abbé songez à moi.

L'ABBÉ.

Un instant, je vous prie,
Non , non , je le parie,
Mes lettres ne partiront pas.

JACQUES.

Quel embarras ! quel embarras !

ENSEMBLE.

L'ABBÉ.	JACQUES.
Le Prélat ne recevra pas	Quel embarras ! quel embarras !
Mon compliment et ma requête.	Oh ! oui j'en perds la tête.

L'ABBÉ.

Mais d'un quiproquo garde toi.

JACQUES.

Je suis si pressé par ma foi ,
Que je ferai quelque méprise ,

Que

Quelque méprise ;
En voila pourtant un de fait ,
Et sur l'un et l'autre paquet
L'adresse bientôt sera mise.

L' A B B É.

Allons , allons , dépêché-toi.

E N S E M B L E.

L' A B B É.

Un instant , etc.

L E S O M B R E.

Monsieur l'abbé , songez à moi ,
Non, non, je le parie, (*bis*)
Il n'en finira pas.
Quel embarras !
Quel embarras !
Oh ! oui , j'en perds la tête.

A D È L E.

Armand ne songe plus à moi.
Non , non, je le parie, (*bis*)
Ce matin il ne viendra pas ;
Quel embarras !
Quel embarras !
Oh! oui , j'en perds la tête.

J A C Q U E S.

Quel embarras ;
Quel embarras !
Oh ! oui , etc.

(Jacques emporte les paquets , et Adèle rentre dans l'appartement de l'abbé.)

S C E N E   X I.

LE SOMBRE, L'ABBÉ PELLEGRIN.

L E S O M B R E.

Monsieur , votre talent , votre facilité...

L'ABBÉ.

Abrégez , monsieur.

LE SOMBRE.

M'ont fait espérer que vous voudriez bien m'aider dans la composition d'une tragédie que je viens de finir. (*Il tire un manuscrit.*)

L'ABBÉ.

Mais monsieur , si elle est faite, c'est donc pour corriger les vers.

LE SOMBRE.

Corriger ! non monsieur , je n'en changerai pas un.

L'ABBÉ.

Le plan , peut-être ?

LE SOMBRE.

Il est parfait.

L'ABBÉ.

Le dénouement.

LE SOMBRE.

Il est imprévu, clair , c'est ce qu'il y a de mieux.

L'ABBÉ.

Expliquez-vous donc , monsieur.

LE SOMBRE.

Je ne suis pas doucereux , et n'entends rien à faire parler les femmes , dans ma tragédie il n'y a que des hommes.

L'ABBÉ.

Et pas de mariage par conséquent.

(19)

LE SOMBRE.

Air : Vaudeville de la gageure inutile.

J'ai tracé de grands caractères ;
Tous mes soldats sont des héros :
Mon sujet est pris dans les guerres,
Des Hurons et des Hottentots.
L'amour ne trouble point leurs ames,
Pour eux la gloire a plus d'attraits ;
Mais dans ma pièce point de femmes,
On me la refuse aux Français.

L'ABBÉ.

Je le crois monsieur, puisque vous me le dites !

LE SOMBRE.

Même air.

J'ai voulu d'un usage antique
Affranchir tous nos beaux esprits ;
La pièce commence en Afrique,
Et vient se finir à Paris.
Des lutins, du fer et des flammes,
Y font aimer le genre anglais.

L'ABBÉ.

Quoi des lutins, et point de femmes !

LE SOMBRE.

On me la refuse aux Français.

L'ABBÉ.

Je n'ai point de peine à vous croire.

LE SOMBRE.

Toutes les actrices étaient liguées contre moi.

L'ABBÉ,

Parce qu'elles n'avaient pas de rôle ?

LE SOMBRE,

Précisément, ma tragédie eut été reçue, si, il y

eut en seulement une princesse. Combien exigez-vous pour m'en faire une ?

L'A B B É.

Une princesse , monsieur , vous coûtera 600 fr.

LE S O M B R E.

Six cents francs !... et si la pièce tombe.

L'A B B É.

La princesse tombera.

LE S O M R R E.

Ah ! monsieur l'abbé vous êtes turc , je croyais qu'avec cent écus une princesse eut été bien payée.

L'A B B É.

Mais songez donc, qu'une princesse exige au moins une confidente.

LE S O M B R E.

Tenez , monsieur l'abbé , donnez lui une, deux ou trois confidentes si vous voulez. mais toute réflexion faite je ne puis donner, moi , que cent écus.

L'A B B É.

Mais quel caractère de femmes voulez-vous.

LE S O M B R E.

N'importe, pourvu qu'elle en ait un, faites-la legère , coquette, impatiente, comme vous voudrez.

L'A B B É.

Air : du vaudeville de l'opera-comique.

Eh pourquoi d'un sexe enchanteur,
Offrir une pareille image ;
Peignons ses vertus et son cœur ,
Et nous plairons bien davantage.

Oui, je le prédis.

Quelque jour un auteur galant,
Pour les venger des épigrammes.
Fera le poëme charmant
Du mérite des femmes.

LE SOMBRE.

Eh bien ! le prix vous convient-il !...

L'ABBÉ.

Air : *Des diamans.*

Le marché me semble assez bon ;
Oui , je ferai votre princesse.

LE SOMBRE.

Et vous m'en répondrez !

L'ABBÉ.

Oh ! non ,
J'y mets cette réserve èxpresse :
Si par mes soins on prévenait
Une chûte , hélas ! trop commune ,
Mon cher , avec un tel secret
J'aurais bientôt fait ma fortune.

LE SOMBRE.

Allons à tous risques et périls , voici mon manuscrit ; arrangez cela de manière que les scènes que vous mettrez , n'ayent rien de commun avec les miennes. (*En s'en allant.*) Ah çà , demain à 7 heures du matin , je viendrai chercher ma princesse.

SCENE XII.

L'ABBÉ (*seul.*)

QUEL original que ce monsieur le Sombre , mais sans consulter mes forces, je viens de me charger d'une tâche très-embarrassante. Je n'ai songé qu'au bénéfice du métier.

Aïr : *Jettez les yeux sur cette lettre.*

Allons , mettons-nous à l'ouvrage ,.
Puisqu'enfin il est entrepris ;
Par le travail et le courage,
Tâchons d'en mériter le prix.
A certains emplois d'importance
Combien de gens sont parvenus,
Qui n'avaient pas d'autre science
Que d'en toucher les revenus.

Quand j'y pense, voilà un des jours les plus heureux de ma vie. Je n'avais jamais trouvé mes protecteurs aussi empressés à me servir, que ce matin, et puis mon opéra de Jephté se soutient, le voilà à sa cinquantième représentation: avec quel plaisir, j'ai recueilli cette petite somme, fruit de mes nouveaux succès au théâtre. (*Il tire un porte-feuille.*) O ! mes bons parens, ce faible secours vous est destiné, il va répandre la joie au sein d'une famille nombreuse. Mais, comment le faire parvenir? Si je m'adressais à Armand. Non, il prendrait peut-être pour une action généreuse ce qui n'est qu'un devoir.

Air : *Vaudeville de l'Arioste.*

Heureux qui d'un faible secours
Peut offrir l'appui salutaire !
Mais avec soin il doit toujours
Cacher le bien qu'il vient de faire.
Je plains ce riche fastueux ,
Qui pour ses bienfaits semble attendre
Que chacun ait fixé les yeux
Sur la main qui va les répandre.

SCENE XIII.

L'ABBÉ, ARMAND.

L'ABBÉ.

MAIS, voici Armand.

ARMAND.

Eh bien ! vos lettres au cardinal ?

L'ABBÉ.

Elles sont parties. Mais d'ailleurs c'est une affaire décidée, j'ai la promesse.

ARMAND.

La promesse ! ah ! monsieur l'abbé, votre bonne-foi vous aveugle. Vous n'avez pas ce qu'il faut pour obtenir.

L'ABBÉ.

Que veux-tu dire ?

ARMAND..

Air : *Pour un maudit péché.*

Toujours un charlatan,
De bassesses prodigue,
Sait à force d'intrigue
Arriver promptement ;
Tandis que le mérite,
Remis de jour en jour,
Reçoit de l'eau bénite
De cour.

L'ABBÉ.

Toujours le même, hier matin, encore tu tremblais pour ma comédie, pour la suite du Nouveau monde. Eh bien ! elle a obtenu un succès...

ARMAND.

Trop grand peut-être. Car malgré vos précautions et les différens noms que vous empruntez, hier, on vous nommait à haute voix dans la salle, et le cardinal...

L'ABBÉ.

Tu vois tout en noir. Il ne le savait pas ce matin, puisque j'ai la certitude d'être porté sur la liste des bénéfices... (*mystérieusement.*) On m'a même parlé d'un prieuré.

A R M A N D.

Quelle confiance !

L'A B B É.

Oui, mon ami , je ne veux plus que ton mariage soit différé. Aujourd'hui le bénéfice , demain la nôce.

S C E N E X I V.

L E S P R É C É D E N S , J A C Q U E S.

J A C Q U E S.

Monsieur l'abbé, toutes vos commissions sont faites. Mademoiselle Dangeville était sortie, j'ai laissé la lettre chez le portier.

L'A B B É

Et tu l'as bien recommandée !

J A C Q U E S.

Oh! monsieur soyez tranquille... Mais j'ai oublié de vous remettre la note des vers commandés pendant votre absence , d'abord on est venu pour demander une satyre.

L'A B B É.

A moi ?

J A C Q U E S.

On la couvrira d'or.

L'A B B É.

Je n'en ferai pas.

J A C Q U E S.

Air : *Trouverez-vous un parlement.*

A tracer de lâches écrits
Je n'avilirai point ma plume ;
Assez d'autres ont dans Paris
Vendu le fiel et l'amertume.
Mais si j'éprouvais à mon tour
Le besoin affreux de médire ,
Contre les satyres du jour
Je voudrais faire une satyre.

A R M A N D.

Voilà bien son caractère.

J A C Q U E S.

Il y a aussi des vers pour un baptême qui sont très-pressés.

L' A B B É.

A la bonne heure.

J A C Q U E S.

Oh ! vous pouvez donner carrière à votre imagination , faites des vers et des couplets tant que vous voudrez, le nombre n'en est pas fixé.

L' A B B É.

Viens m'expliquer cela. Je m'en occuperai tout de suite... Tu permets Armand... (*en s'en allant.*) A propos , Adèle se plaint de toi , tu es venu ici sans demander même de ses nouvelles. Je ne te reconnais pas là. (*Il sort.*)

S C E N E X V.

J A C Q U E S , A R M A N D.

ARMAND , (*répond à l'abbé par un signe , à part.*)

ADÈLE ! je ne puis lui confier mon dessein, sa petite dévotion s'alarmerait trop du nom de mademoiselle Dangeville, mais, revoyons l'avis qu'on vient de me faire passer. (*Il relit une lettre.*)

JACQUES , (*revenant après avoir fait un mouvement pour suivre l'abbé.*)

Ah diable ! et la corbeille de bombons que je laisse ici. (*Il va la chercher.*) Il ne faut pas négliger ça , le partage en sera bientôt fait , monsieur l'abbé comme poëte , aura les devises , mademoiselle Adèle comme dévote , prendra les images et les saintes découpures, le reste sera pour moi. (*Il mange un bombon.*) Ces religieuses , ça fait de jolis diablotins.

A R M A N D , (*prenant Jacques par le bras.*)

Mon cher Jacques !

J A C Q U E S , (*défendant sa corbeille.*)

Eh bien ! monsieur.

A R M A N D.

N'as-tu pas dit , tout à-l'heure , que mademoiselle Dangeville était sortie.

J A C Q U E S.

Oui , monsieur, sortie et très-sortie. (*à part.*) Je ne sais pas ce qui se trame avec mademoiselle Dangeville , mais.... (*Il sort.*)

S C E N E   X V I.

A R M A N D , (*seul.*)

BON! elle m'aura tenu parole. Cette actrice célèbre n'aura pas fait des démarches infructueuses. (*regardant le billet.*) Le bon abbé , il se regarde déjà comme un riche bénéficier , et il est plus mal que jamais dans l'esprit de l'archevêque.

Air : *De bien cacher notre tendresse.*

Mais laissons régner le mystère,
Sur mon espoir et mes projets ;
Et pour détruire sa chimère,
Attendons l'instant du succès.
Ah ! quel bonheur, ô mon Adèle !
Comblerait mes vœux en ce jour,
Si mes efforts, mon tendre zèle
Tournaient au profit de l'amour.

Mais voici l'heure que mademoiselle Dangeville m'a indiquée ; soyons exact au rendez-vous.

(Il va pour sortir.)

SCENE XVII.

ARMAND, ADÈLE. (*Elle entre par la porte du cabinet de son oncle, et entend les derniers mots d'Armand.*

D U O.

Air : *Rien n'est si plaisant que la tournure.*

A D È L E.

C'est un rendez-vous qui vous appelle ;
Je ne prétends pas
Arrêter vos pas.
Mon cœur y consent, soyez fidèle
A l'objet nouveau pour vous si plein d'appas.

A R M A N D.

D'où vient ce courroux !
Quelle injustice !
Mon cœur est à vous.

A D È L E.

Quel artifice !

A R M A N D.

Quel caprice !

ADÈLE.

Quel supplice !

ARMAND.

Rendez-moi plus de justice.

ENSEMBLE.

ADÈLE.

C'est un rendez-vous qui vous appelle ;
Je ne prétends pas
Arrêter vos pas ;
Mon cœur y consent, soyez fidèle
A l'objet nouveau pour vous si plein d'appas.

ARMAND.

Oui, rassurez-vous, ô mon Adèle,
A regret, hélas !
Je fuis vos pas ;
Pour vous seule Armand sera fidèle,
D'un objet nouveau craignez peu les appas.

ARMAND.

Grand dieu ! quel soupçon !

ADÈLE.

Oui, la comédie vous tourne la tête... Tout à-
l'heure encore vous étiez seul, le nom de mademoiselle Dangeville vous est échappé... Allez, allez monsieur à votre rendez-vous.

ARMAND.

Quoi ! vous pourriez-croire !

ADÈLE.

Ah ! ce n'est pas jalousie au moins...

ARMAND.

Encore une fois....

ADÈLE.

Votre mademoiselle Dangeville.... je ne l'ai jamais
vue... Je la déteste.

(29)

ARMAND.

Que vous êtes injuste !... aujourd'hui même je l'espère, votre oncle lui devra son benheur.

ADÈLE, (*d'un air piqué.*)

Quelque nouveau rôle, sans doute, qu'elle fera valoir par son grand talent !

ARMAND.

Un mot ! je vous prie.

ADÈLE.

Non... sans elle, sans vous peut-être, mon oncle eut renoncé à ses comédies. Un abbé faire des comédies ! je crois que si j'avais su cela pendant que j'étais au couvent, j'en serais morte de douleur.... Armand, tenez, vous êtes l'ami intime de mon oncle, vous devez réparer tout le mal que vous avez fait.

ARMAND.

Vous jugerez bientôt si cela est possible, mais adieu, je suis obligé de vous quitter.

(*Il fait un mouvement pour se retirer.*)

ADÈLE, (*le retenant d'un regard.*)

DUO (Des petis Savoyards).

Air : *Michel je m'en rapporte à vous.*
Armand, enfin expliquez-vous !
Pourquoi vous éloigner d'Adèle ?
L'aimer, ne vivre que pour elle
Vous semblait un destin si doux !
Armand ! Armand ! que me répondez-vous ?

ARMAND.

Armand n'est point changé pour vous,
Il n'est heureux que près d'Adèle :
Bientôt il reviendra près d'elle,
Pour jouir d'un destin si doux !
Armand n'est point changé pour vous.

A D È L E.

Quelle importante affaire
Vous fait une loi
De fuir loin de moi ;
Veuillez m'expliquer ce mystère.

A R M A N D.

Une importante affaire ,
De vous fuir me fait une loi.

A D È L E.

Armand veut s'éloigner de moi,
Voilà, voilà tout le mystère.
Ah ! cédez à ma prière.

A R M A N D.

Dans un moment , je l'espère ,
Vous me verrez de retour.

A D È L E.

Oui , voilà bien tout le mystère.
Pour Adèle il n'a plus d'amour.
Vous avez des secrets pour moi.

E N S E M B L E.

A R M A N D.	A D È L E.

Vous chérir est ma seule loi. | Oui, voilà bien tout le mystère, etc.

S C E N E X V I I I.

A D È L E , (*seule.*)

IL me fuit... Que je suis malheureuse ! je n'en puis
plus douter, il me sacrifie à cette mademoiselle Dangeville... Il ne me reste qu'un parti à prendre. Oui,
retournons à mon couvent, revoyons cès lieux qui
firent le charme de mon enfance , et que je n'aurais
jamais dû quitter.

Air *de la romance de Téniers.*

Musique de Plantade.

Plaisirs si purs que je regrette !
Vous me tiendrez lieu des amours ;
Au sein d'une douce retraite
Je verrai s'écouler mes jours :
Bientôt mon cœur devenu plus tranquille,
Sera sans crainte et sans regrets ;
Du moins l'amour de cet aimable azyle *bis.*
Ne viendra pas troubler la paix.   *bis.*

C'est en ces lieux qu'à ta tendresse,
J'abandonnai mon faible cœur :
Ici mes yeux verraient sans cesse
Un ingrat qui fit mon malheur.
Oui, c'en est fait, dans un séjour tranquille
Fuyons ! fuyons ! et pour jamais. . . . .
Mais de mon cœur au fond de cet azyle *bis.*
L'amour viendra troubler la paix.   *bis.*

SCENE XIX.

GUILLERET *entre en chantant*, ADÈLE.

GUILLERET.

CE n'est pas tout qu'un garçon, etc..... Mlle., où est-il donc ? où est-il donc ?

ADÈLE.

Cela ne me regarde pas. Jacques ! Jacques ! à votre boutique.

SCENE XX.

JACQUES, GUILLERET.

GUILLERET.

AH ! mon dieu ! moi qui n'ai pas fait de prix avec lui ! On vient de me dire qu'il fait cinquante vers

dans une minute.... Il va me ruiner (*Jacques entre.*)
Ah ! vous voilà.... Mon couplet.

J A C Q U E S , (montrant le cabinet.)

Chut ! M. l'Abbé y travaille.

G U I L L E R E T.

Depuis que je suis parti !...... Mais c'est donc bien
long, un couplet !

J A C Q U E S.

Vous avez demandé pour un baptême. Eh bien !
vous avez d'abord l'enfant.

G U I L L E R E T.

C'est tout simple.

J A C Q U E S.

Il n'y a pas d'enfant qui n'ait une mère.

G U I L L E R E T.

Eh bien oui , un petit couplet pour ma femme.

J A C Q U E S.

Comment ! au moins trois couplets pour votre
femme.

G U I L L E R E T.

Oh ! trois couplets !

J A C Q U E S.

Et puis il y a le père.

G U I L L E R E T.

Est-ce que ce n'est pas moi qui suis le père ? (*Il
frappe à la porte de l'abbé.*) En voilà assez...M. l'abbé !
M. l'abbé ! point de père.

J A C Q U E S.

Mais ne l'interrompez donc pas !

GUILLERET.

GUILLERET.

Allez lui dire que je n'en veux pas davantage.

JACQUES.

Il vous fait le baptême complet.

GUILLERET.

Comment !

JACQUES.

Le parrain, la marraine....

GUILLERET.

M. l'abbé !... point de parrain ni de marraine !

JACQUES.

Mais vous ne pouvez pas vous en dispenser, ce serait malhonnête.

GUILLERET.

Eh ! je m'en mocque.

JACQUES.

Eh puis ! vous avez encore....

GUILLERET.

Quoi ! j'ai encore....

JACQUES.

Vous avez.

GUILLERET.

Veux-tu parler ?

JACQUES.

La nourrice !

GUILLERET.

Ah ! malheureux... Ma femme nourrit elle-même... Tu mériterais que. (*Il le prend à la gorge.*)

JACQUES.

Eh bien ! eh bien ! je vais dire qu'il ne vous faut pas

de nourrice) (*en s'en allant*) Je parie que cela eût été tout au plus à trois louis. (*Il sort.*)

SCENE XXI.

GUILLERET , *seul.*

Trois louis !.... Ah ! bien oui !.... Trois louis ! Ah ! tu as voulu m'attrapper !

Air : *Rendez-moi mon écuelle de bois.*

Mais c'est moi qui t'attrapperai bien ,
N'attends pas que je revienne ;
Garde ta nourrice et ton parrain ,
Garde aussi ta marraine ,
Je vois trop qu'on fait en moins de rien
Ici les couplets par douzaine :
Garde ta nourrice et ton parrein ,
N'attends pas que je r'vienne.

(*Il sort en courant.*)

SCENE XXII.

JACQUES *seul.*

(*L'orchestre commence l'air :* Va t'en voir s'il vienne Jean , *pour ritournelle.*)

Air : *Va-t-en voir , etc.*

En voilà tout justement
Trois pour la marraine ,
Trois pour vous , six pour l'enfant ,
Ça fait la douzaine.

Eh bien ! eh bien ! où est-il donc !... où est-il donc !... ah ! mon dieu !

(*L'orchestre continue l'air :* Va t'en voir s'il vienne Jean.)

On ne voit que ça, des gens qui commandent de la marchandise, qui bouleversent toute une boutique, et qui n'achètent rien.

SCENE XXIII.

Mlle. DANGEVILLE, ARMAND, JACQUES.

ARMAND, (*entre en riant.*)

AH ! ah ! ah ! ah !.... du train dont il va, il ne l'attrapera pas.

Mlle. DANGEVILLE.

Monsieur l'abbé Pellegrin.

JACQUES.

C'est moi qui répond en son absence... Le maraud !...

Mlle. DANGEVILLE.

Nous voulons lui parler.

JACQUES.

Impossible ! il est très-occupé !... eh bien ! oui, qu'il y revienne dans sept mois.

ARMAND.

Allez lui dire que mademoiselle Dangeville l'attend.

JACQUES.

L'impertinent !... j'y cours, j'y cours.

Mlle. DANGEVILLE.

Non, non. Ne me nommez pas à monsieur l'abbé. Je veux jouir de la surprise qu'il aura de me voir ici !

(*Jacques sort.*)

SCENE XXIV.

Mlle. DANGEVILLE, ARMAND.

Mlle. DANGEVILLE.

VOUS avez eu une excellente idée, mon cher Armand; on m'objectait toujours cette boutique ridicule, et des milliers de mauvais de vers, mais les ouvrages couronnés à l'académie, les pièces de théâtre remises à-propos sous les yeux du directeur du Mercure de France, ont produit le meilleur effet.

ARMAND.

Ainsi donc dans un instant, nous saurons le résultat.

Mlle. DANGEVILLE.

Oui, et j'espère qu'il sera heureux... N'étiez-vous pas indigné comme moi en apprenant que ce bon abbé était desservi auprès du cardinal, par ceux mêmes qui le comblaient de caresses?

Air : *Ne fais pas un crime à mon cœur.*

Tous lui promettaient un appui,
Tous voulaient soulager ses peines,
Et tous n'ont prodigué pour lui
Que des mots, des promesses vaines.
Sur la foi de faux protecteurs
A l'espérance il s'abandonne ;
Comment croirait-il aux trompeurs,
Il n'a jamais trompé personne.

ARMAND, (*regardant d'un air inquiet.*)

Mais il se fait beaucoup attendre...

Mlle. DANGEVILLE.

Est-ce lui seul qui vous occupe? Parlons de vos

amours, puisque vous m'avez mis dans la confidence.

ARMAND.

Je vous l'avoue en songeant à la situation ou j'ai laissé Adèle, je tremble de la revoir.

Mlle. DANGEVILLE.

Quoi ! ce petit mêlange de dévotion et de jalousie vous effraye.

ARMAND.

La jalousie sur-tout...

Mlle. DANGEVILLE.

Raison de plus pour que le mariage se fasse. Croyez-moi !

Air : *Vaudeville de la Fille en loterie.*

Entre amans un soupçon jaloux
Peut retarder le mariage ;
Même soupçon chez les époux,
Trouble par fois un bon ménage.
Mais pour les époux, les amans,
C'est un triomphe qui s'apprête ;
Les jours de raccomodemens
Sont pour l'hymen des jours de fête.

SCENE XXV.

Mlle. DANGEVILLE, ARMAND, ADÈLE.

ADÈLE, (*à part, au fond du théâtre.*)

Quoi ! déjà de retour ! il n'est pas seul. (*Elle fait un mouvement pour se retirer.*)

ARMAND.

La voici !... vous vous retirez, Adèle ?... ah ! venez, venez plutôt joindre vos remercimens aux miens.

ADÈLE.

Quoi ! madame serait....

A R M A N D , (*l'interrompant.*)

Notre bienfaitrice... puisqu'elle assure aujourd'hui le bonheur de votre oncle.

A D È L E,

C'est madame... d'Argental ! Ah ! madame ! enfin donc pour vos soins il a obtenu son bénéfice !

A R M A N D, (*à mademoiselle Dangeville.*)

Elle vous prend pour madame d'Argental ; de grâce ne vous faites pas connaître !

Mlle D A N G E V I L L E, (*un peu embarrassée.*)

Je serai trop heureuse, mademoiselle, si je puis contribuer à faire rendre justice à monsieur l'abbé.

A D È L E.

Quel plaisir cette bonne nouvelle va lui causer !

Mlle. D A N G E V I L L E, (*à Armand.*)

Que répondre ?

A D È L E, (*tremblante.*)

Mais, j'ai aussi une grâce particulière à vous demander.

Mlle. D A N G E V I L L E.

A moi !

A R M A N D, (*bas à mademoiselle Dangeville.*)

Oui ! à vous, mademoiselle d'Argental.

Mlle. D A N G E V I L L E.

Expliquez-vous mademoiselle.

A D È L E, *chante en tremblant,*

Air noté à la fin.

Dans le couvent de St. Remy,
Que j'aimai dès l'enfance,
Je veux loin d'un monde ennemi,
Finir mon existence.

Vous pouvez , par votre faveur ,
Hâter l'instant de mon bonheur ;
De S. Remy (*bis*) votre sœur est l'abbesse,
Et je ne vois ici plus rien qui m'intéresse.

(*Elle regarde Armand à la dérobée , puis se retourne tout-à-coup du côté de mademoiselle Dangeville.*)

Mlle. DANGEVILLE.

Vous voulez que... moi ! je vous fasse entrer au couvent. (*à Armand.*) Ce rôle n'est pas de mon emploi , je ne m'en charge pas.

ADÈLE.

Ah ! je vous en prie.

Même air.

Vous qui consacrez chaque jour
A des œuvres pieuses ;

Mlle. DANGEVILLE.

Moi !

ADÈLE,

Vous qui savez fuir de l'amour
Les amorces trompeuses.

Mlle. DANGEVILLE.

Moi !

ADÈLE.

A son prestige séducteur ,
Daignez soustraire un jeune cœur.
Oui , je voudrais ,
Vivre à jamais
Dans une paix profonde ;
Hélas! pour mon malheur j'ai trop connu le monde.

ARMAND.

Mais , comment le connaissez-vous ? A peine...

ADÈLE.

Je ne vous parle pas , monsieur.

(40)

Mlle. DANGEVILLE.

Votre résolution, mademoiselle, est sans doute le fruit d'une profonde réflexion.

ADÈLE.

Non, madame, ce n'est pas la réflexion, c'est le chagrin, mais mon parti est pris.

Mlle. DANGEVILLE.

Depuis long-tems ?

ADÈLE.

Depuis... Depuis...

ARMAND.

Depuis... tout-à-l'heure.

ADÈLE.

Mais, j'y suis bien déterminée.

Mlle. DANGEVILLE.

Je veux bien croire, mademoiselle, que quelque chagrin passager, ou plutôt les fautômes de votre imagination vous aient inspiré le goût de la retraite mais quitter votre oncle !

Air : *Trouverez-vous un parlement.*

Eh ! quoi, d'un cruel abandon
Payer ses soins et sa tendresse,
Renoncer pour une prison,
A l'espoir d'aider sa vieillesse ;
Livrer aux ennuis, aux regrets,
Son cœur généreux et paisible ;
Un tel projet n'entra jamais
Dans votre ame bonne et sensible.

ADÈLE, (*effrayée.*)

Ah ! madame !.... Non, non, jamais. (*Elle se jette dans les bras de Mlle. Dangeville.*)

ARMAND.

Ah ! ma chère Adèle !

SCENE XXVI.

Mlle. DANGEVILLE , ADÈLE , ARMAND,
L'ABBÉ PELLEGRIN.

L'Abbé Pellegrin.

Que vois-je ! Mlle. Dangeville !.... Ma nièce !
Qu'est-il donc arrivé ?

Adèle.

Mlle. Dangeville ! vous, Madame !

Mlle. Dangeville.

Moi-même.

Adèle.

Mon dieu ! mon dieu ! Mlle Dangeville.

(*Elle sort.*)

SCENE XXVII.

Les Précédens.

L'Abbé.

Quel est ce mistère ?

Armand.

Une espèce de conversion que Mlle. vient d'o-
pérer.

Mlle. Dangeville.

Et qui, j'espère, sera suivie d'un raccomodement.

L'Abbé.

J'entends, il y avait de la querelle dans le futur

ménage, et Mlle. a joué avec succès le rôle de conciliatrice.

Mlle. DANGEVILLE.

Ah ! je ne sais.

L'ABBÉ, (*à Armand.*)

Eh bien ! va donc vite nous chercher la petite boudeuse.

SCENE XXVIII.

LES PRÉCÉDENS, excepté ARMAND.

Mlle. DANGEVILLE.

CONVENEZ que vous êtes un peu étonné de ma visite.

L'ABBÉ.

Je la dois sans doute à mon billet de ce matin.

Mlle. DANGEVILLE.

Comment ! votre billet !

L'ABBÉ.

Il était joint au nouveau rôle dont vous voulez bien vous charger.

Mlle. DANGEVILLE.

J'étais sortie, je ne l'ai point encore reçu.

L'ABBÉ.

Je vous priais de diriger la répétition de ma pièce nouvelle, (*mystérieusement*) car il n'y a qu'Armand et vous, qui soyez dans le secret !

Mlle. DANGEVILLE.

Comptez sur mes soins et ma discrétion ; mais parlons d'affaires plus intéressantes.

(43)

L'A B B É.

Du bénéfice que je vais avoir ? Vous le savez déjà...
Tout me réussit à-la-fois.

Air : De la Croisée.

Au théâtre par votre appui
Un sort heureux me favorise ,
Et j'aurai ma part aujourd'hui
Dans les revenus de l'église.
Alors d'un poëte immortel ,
Citant les vers qu'on idôlâtre ,
Je pourrai dîner de l'autel
Et souper du théâtre.

Mlle. D A N G E V I L L E.

Vous riez de cette épigramme ; ce ne sera peut-
être pas la dernière que Voltaire , ce jeune poëte,
dirigera contre vous.

Air : J'ai vu par-tout dans mes voyages.

Je sais que par fois il m'adresse
Des traits et malins et plaisans ;
Ses bons mots font naître l'yvresse ,
Et chacun rit à mes dépens.
Avec lui tout Paris s'amuse ,
Mais lorsqu'il me lance un brocard ,
Du plaisir que donne sa muse ,
Je puis bien prendre aussi ma part.

S C E N E   X X I X.

L E S   P R É C É D E N S ,   J A C Q U E S.

J A C Q U E S.

On demande M. l'abbé de la part du cardinal.

L'A B B É ,   (gaiement.)

Je parie que c'est l'annonce de mon prieuré....
Pardon, Mlle. (Il va au-devant de l'envoyé.)

Mlle. DANGEVILLE, (*à part.*)

J'augure mal de cette visite.

SCENE XXX.

L'ABBÉ , LE CLERC , Mlle. DANGEVILLE.
(*Le clerc s'avance sans parler, et salue très-froidement*)

LE CLERC, (*à part.*)

VOILA sans doute la nièce de M. l'Abbé.

Mlle. DANGEVILLE, (*à part*)

Il n'a pas du tout l'air d'un porteur de bonnes nouvelles.

LE CLERC.

J'aurais désiré.....

Mlle. DANGEVILLE.

Un entretien particulier peut être.... Je vais me retirer.....

L'ABBÉ.

Non, M., vous pouvez vous expliquer devant mademoiselle.

LE CLERC, (*à part et en s'asseyant.*)

C'est la nièce, je ne me suis par trompé, (*à l'Abbé*) c'est à regret , M. l'Abbé....

L'ABBÉ.

A regret !

Mlle. DANGEVILLE, (*gaiement, à part.*)

L'exposition n'est pas gaie.

L'ABBÉ.

Quelques soient les nouvelles que vous ayez à m'apprendre.

LE CLERC.

Voici d'abord un paquet que je suis chargé de vous remettre. (*Il remet le paquet décacheté.*)

Air d'Arlequin afficheur.

En l'envoyant à monseigneur ,
Vous vous étiez trompé d'adresse ,
Et de réparer cette erreur,
Suivant ses ordres je m'empresse.
Il étoit loin de se douter
Que d'une coquette étourdie,
Il eut le rôle à répéter
Dans votre comédie.

L'ABBÉ.

Que vois-je ! le rôle et les vers destinés à mademoiselle Dangeville. (*Il la regarde*).

Mlle. DANGEVILLE (*à part*).

Et moi j'aurai reçu la lettre du cardinal.

L'ABBÉ.

Jacques , malheureux Jacques ! quelle étourderie !

LE CLERC.

Remettez-vous , M. l'abbé , ce quiproquo n'a rien appris à son éminence.

L'ABBÉ.

Son éminence connaissait aussi , sans doute , ma position.

Mlle. DANGEVILLE. (*haut*)

Son éminence ne nous reprochera pas la pluralité des bénéfices.

LE CLERC.

Monseigneur veut bien encore vous conserver ses bontés , mais à une condition.

L'ABBÉ.

Une condition !

LE CLERC.

Il exige que vous renonciez formellement à toute espèce d'ouvrages de théâtre.

Mlle. DANGEVILLE (*à l'Abbé*).

Adieu notre répétition de demain.

L'ABBÉ.

Songez, monsieur, que la nécessité seule....

LE CLERC.

Songez qu'il s'agit de la bienveillance du cardinal.

Mlle. DANGEVILLE.

Songez que.... (*l'Abbé lui impose silence par un signe*). Mon rôle est charmant!...

L'ABBÉ.

Ignorerait-il que du moins le respect des lois et de la morale....

LE CLERC.

La morale du théâtre, M. l'abbé, n'est pas celle qu'il vous convenait de propager.

Air *du Vaudeville de la piété filiale.*

C'est près de ces grands orateurs,
Toujours animés d'un saint zèle,
Qu'il faut chercher la peinture fidèle
De nos travers, de nos folles erreurs.

Mlle. DANGEVILLE.

Oui, l'éloquence de la chaire,
Peut effrayer par ses tableaux,
Mais quel sermon, pour montrer nos défauts,
Vaudra les leçons de Molière?

LE CLERC.

Mademoiselle !

Mlle. DANGEVILLE.

Ah ! il est juste que chaque cause ait son avocat.

L' A B B É.

Molière n'est pas le seul auteur dont les ouvrages....

L E C L E R C.

Même air.

Ne citez plus pour corriger les mœurs,
Ces leçons qu'on donne au théâtre ;
Dans les appuis de ce temple idôlâtre,
Jamais le ciel n'eût de vrais défenseurs.

L' A B B É.

Ah ! du moins, je vous en supplie,
Racine doit être excepté.
Qui parla mieux de la divinité
Que l'auteur divin d'Athalie !

S C E N E X X X I.

LES PRÉCÉDENS, ARMAND, ADÈLE, JACQUES.

(Les jeunes gens entrent dans le fond du théâtre ; Jacques se rend à son bureau ; Armand et Adèle s'avancent du côté de Mlle. Dangeville ; Armand lui remet un paquet).

A D È L E.

PARDON, Mademoiselle!

A R M A N D.

Le voilà !

Mlle. D A N G E V I L L E *(haut)*.

Ah ! je suis forte maintenant !

L E C L E R C.

Toute discussion devient inutile ; Monsieur, vous avez un choix à faire entre l'autel et le théâtre ; prononcez.

L'ABBÉ.

Eh bien.... permettez-moi une comparaison, mon existence est partagée entre deux amis, tous deux de caractères différens ; je les chéris tous deux également , mais

Air : *Femmes voulez-vous éprouver.*

> L'un toujours et sans le vouloir ,
> Me causa peine et tristesse ,
> Répondant mieux à mon espoir ,
> L'autre vint finir ma détresse ;
> De les conserver tous les deux ,
> Quand l'espérance m'est ravie ,
> Ne dois-je pas choisir entr'eux
> Celui qui m'a sauvé la vie ?

Mlle. DANGEVILLE (*à part*).

Nous l'emportons !...

LE CLERC.

C'est en dire assez : le cardinal vous avait deviné ; voici sa reponse. (*Il remet un papier*).

Mlle. DANGEVILLE.

J'avois deviné le cardinal, voici le fruit des soins de l'amitié. (*Elle remet à l'Abbé un autre papier.*

L'ABBÉ (*regardant le papier du clerc*).

Mon interdiction !

ADÈLE.

O ciel !

(Le clerc fait un geste).

ARMAND.

Lisez aussi , M. l'Abbé.

L'ABBÉ.

Un brevet de pension sur le Mercure de France ! Ah ! mademoiselle Dangeville !

LE CLERC.

ademoiselle Dangeville !

Mlle. DANGEVILLE.

ui , Monsieur , cette coquette étourdie.

LE CLERC, (*avec effroi*).

h ! (*Il sort*).

SCENE XXXII *et dernière.*

ES PRÉCÉDENS, *excepté* LECLERC.

MORCEAU D'ENSEMBLE.

Air : *De Cendrillon.*

ARMAND, L'ABBÉ, ADÈLE.

Ah , quel bonheur ! quel heureux jour !
Oui , je dois tout à votre zèle ,
Et pour jamais j'offre en retour
Une amitié tendre et fidèle.

Mlle. DANGEVILLE, JACQUES.

Ah , quel bonheur ! quel heureux jour !

Le succès couronne $\genfrac{}{}{0pt}{}{mon}{son}$ zèle.

(*Aux amans*).
Vous , soyez heureux par l'amour ;
(*à l'Abbé*).
Et vous par l'amitié fidèle.

Mlle. DANGEVILLE (*à Adèle*).

Ah ça , vous renoncez à vos projets de couvent ?

ADÈLE.

Il le faut bien.

Mlle. DANGEVILLE.

Armand a commencé la réconciliation , c'est à

vous , **M.** l'abbé, de la finir , en fixant le mariage dès aujourd'hui.

L' A B B É.

Oui , mais ils m'ont ôté le plaisir d'en faire moi-même la cérémonie.

J A C Q U E S.

A présent, **M.** l'abbé , que ferez-vous de 2 à 3 mille vers qui nous restent en magazin ?

L' A B B É.

Je te les abandonne.

J A C Q U E S.

Eh bien , voilà un petit commencement de fortune.

Mlle. D A N G E V I L L E.

Et de réputation.

A R M A N D.

Mais ton fond de boutique sera bientôt épuisé, comment feras-tu pour le rétablir ?

J A C Q U E S.

Oh ! ce n'est pas difficile.

V A U D E V I L L E.

Air *nouveau , noté à la fin.*

J A C Q U E S.

Pour enrichir mon magazin ,
Il suffit d'un peu de mémoire ,
Et grace à maint adroit larcin ,
J'obtiendrai même un peu de gloire.
Bien des gens cités aujourd'hui ,
Usant d'un pareil artifice ,
Des vers et de l'esprit d'autrui
Ont sû faire leur bénéfice.

ARMAND.

Adèle m'effraya souvent
Par sa petite jalousie,
Et d'entrer novice au couvent,
Elle eut vingt fois la fantaisie.
Mais de la peur je suis guéri ;
Enfin j'épouse la novice :
N'est-ce pas là, pour un mari,
Un assez joli bénéfice ?

ADÈLE.

Oui, je renonce de bon cœur
A mon goût pour la solitude,
Et de ce monde séducteur,
J'aurai bientôt pris l'habitude ;
Mais il faudra que mon mari
A mes volontés obéisse,
Sans quoi je prendrai le parti
De résigner le bénéfice.

Mlle. DANGEVILLE.

Depuis long-tems avec l'amour
On sait que l'hymen est en guerre,
Et chacun des deux, tour-à-tour,
Cherche à tromper son adversaire.
Mais l'hymen s'endort quelquefois ;
Pour son rival instant propice ;
Quand l'hymen néglige ses droits,
L'amour en fait son bénéfice.

L'ABBÉ.

J'avais sur le sacré vallon
Fondé l'espoir de ma fortune ;
Et Plutus ainsi qu'Apollon,
Rejetaient ma plainte importune.
Mais du sort pour moi sans pitié,
J'apprends à braver le caprice ;
Plaçons toujours sur l'amitié,
Nous serons sûrs du bénéfice.

ADÈLE.

Pellegrin s'est peut-être encor
Flatté d'un espoir chimérique,

(52)

Car maintenant il craint très-fort
D'être interdit par la critique.
Veuillez lui prêter votre appui,
Qu'un bruit flatteur l'en avertisse ;
Et que vos bontés aujourd'hui
Lui tiennent lieu d'un bénéfice.

F I N.

L'ouverture de ce Vaudeville doit être composée d'airs d'Eglise et d'airs d'Opéra, variés et entremêlés ensemble.

Les Personnes qui désireraient se procurer les parties d'Orchestre et l'Ouverture telles qu'elles s'exécutent au Théâtre du Vaudeville, sont priées de s'adresser au Cit. WICHT, chef d'Orchestre.

A V I S.

Il n'y a d'Édition avouée par les Auteurs, que celle dont les Exemplaires sont signés par l'Éditeur. Elle poursuivra les Contrefacteurs, conformément à la loi.

9 782014 052176